LETTRE

TRADUITE DU LATIN

SUR FEU

M. MORAND,

Adressée aux différentes Académies des pays étrangers, dont il étoit.

Par M. MORAND son fils,

Docteur-Régent de la Faculté de Médecine de Paris, ancien Professeur d'Anatomie & de l'Art des Accouchemens en faveur des Sages-Femmes, ancien Médecin des Camps & Armées de Sa Majesté, Médecin Adjoint de l'Hôtel Royal des Invalides, Aggrégé honoraire au Collége Royal des Médecins de Nancy, Assesseur honoraire du Collége de Médecine de Liége, Associé Pensionnaire de l'Académie Royale des Sciences de Paris, Membre des Académies Royales des Sciences, Belles-Lettres & Arts de Lyon & de Rouen, de l'Académie Royale de Médecine de Madrid, de la Société Royale de Londres, de la Société Hollandoise des Sciences à Harlem, de l'Académie Royale des Sciences de Stockolm, Associé étranger de l'Académie Impériale & Royale des Sciences & Belles-Lettres de Bruxelles, Honoraire de la Société Botanique de Florence & de la Société Œconomique de Berne.

1774.

LETTRE

TRADUITE DU LATIN

SUR FEU

M. MORAND,

Adreſſée aux différentes Académies des pays étrangers, dont il étoit;

Par M. MORAND, ſon fils.

MESSIEURS,

MON PERE, *notre* illuſtre Collégue, étoit pénétré de reſpect & d'amitié pour les différens Corps Académiques, qui avoient recherchés avec empreſſement & même avec une ſorte de rivalité, ſon aſſociation (*a*). Le

____

(*a*) Il a été de l'Académie Royale des Sciences de Paris en Mars 1722, de la Société Royale de Londres en 1728, de

vôtre, MESSIEURS, ... étoit auſſi un des objets de ſon eſtime & de ſon attachement ; à ces titres, MESSIEURS, j'oſe me flatter que vous partagerez les regrets dont pluſieurs Sociétés ſçavantes honorent ſa mémoire ; j'oſe dire qu'il en eſt digne encore par ſon mérite perſonnel, qui, dès les premieres années de ſa vie, a placé ſon nom avec éclat dans la Liſte des Chirurgiens illuſtres.

Mais ſi *notre* Collégue fut connu beaucoup plutôt qu'on ne l'eſt pour l'ordinaire ; s'il obtint des ſuccès brillans preſqu'à ſon entrée dans la lice ; ſi ſa réputation ſe répandit de bonne heure parmi les Etrangers ; enfin, s'il fut rapidement élevé au comble des honneurs dans le ſein de ſa patrie qu'il préféra aux autres régions, où ſes talens exciterent le déſir

---

l'Académie de Bologne en 1737 , de celle de Péterſbourg en 1745 , de Rouen en 1746, de Stockolm en 1755, de Florence en 1749 , de Cortone en 1759, de Porto en 1763, de Harlem en 1769.

de se l'attirer (*a*) ; ces avantages , lui-même ne se le dissimuloit pas, MESSIEURS (*b*) ; il les dut en partie à l'heureuse influence de son origine.

SAUVEUR-FRANÇOIS MORAND (*c*) ;

(*a*) En 1736 , demandé par le Roi d'Espagne, Philippe V, pour être son premier Chirurgien.

(*b*) *Voyez* ses Opuscules de Chirurgie , chap. 3 , partie 2, page 143.

(*c*) Il étoit fils de Jean Morand , (né à Chabanois en Angoumois le 20 Septembre 1658 ,) Eleve de l'Hôtel-Dieu de Paris, Principal Chirurgien de l'Hôtel Royal des Invalides, après le célèbre Meri en 1688 , continué ensuite avec le titre de Chirurgien-Major en chef & Consultant de cette Maison, le premier qui y a été établi en cette qualité par Lettres-Patentes , en 1707 , sous M. de Chamillard. *Voyez* une Notice sur lui , dans l'*Index funereus Chirurgorum Parisiensium* , inséré à la suite des Recherches critiques & historiques sur les divers états & sur les progrès de la Chirurgie en France. *Paris* , 1744 , *in-4°. page* 611.

Le pere de celui-ci , Pierre Morand , Expert dans le même Art, fut également en honneur dans sa Province. L'exemple de cette récompense , constamment attaché par tout Pays au talent , & le désir qui est naturel à tout homme bien né , de s'en rendre digne , ont sans doute donné naissance au goût héréditaire, qui a passé de pere en fils , sans interruption , dans les

iſſu d'une famille dans laquelle ſon ayeul & ſon biſayeul s'étoient conſacrés à l'art précieux des Aſclépiades, étoit né à Paris (a); il y reçut dès ſon enfance (b), conformément au précepte de Celſe (c), dans le ſein des

---

deſcendans de Pierre Morand; il ne doit pas non plus paroître ſurprenant, que ce goût de famille, pour une même profeſſion, ſe ſoit étendu auſſi à quelques collatéraux; ſi l'on recueilloit les faſtes d'Epidaure, on y trouveroit les noms de pluſieurs parens ou alliés des Morand, qui, ſoit dans les armées, ſoit dans leur pays natal, ſe ſont rendus recommandables par leur habileté en Médecine ou en Chirurgie; de ce nombre étoit Jean de la Quintinye, pere de celui qui fut Intendant des Jardins fruitiers & potagers du Roi, & ennobli par Louis XIV, & dont une fille avoit été mariée à M. Papius, Médecin à Angoulême; François Gabillaud, Chirurgien de Chabanois; de Voiſins, Chirurgien-Major du Régiment de la Couronne, &c.

(a) A l'Hôtel Royal des Invalides, le 2 Avril 1697.

b) Dès l'année 1710, âgé alors de treize ans.

(c) Qui conſeille au Chirurgien de commencer lorſqu'il eſt dans la fleur de la jeuneſſe, *Adoleſcens*, c'eſt-à-dire de quatorze à vingt-cinq ans, ou tout au moins, en entrant dans l'âge qui ſuccede à ce ſecond, *Adoleſcentiæ propior*. Ce paſſage de Celſe, (*Obſervat. VIII. de la Médecine, Préface ſur la Chirurgie,*) n'a pas été rendu avec une exactitude ſuffiſante, du

[7]

foyers domeſtiques ; l'éducation analogue à l'état qu'il devoit embraſſer, & qui ſembloit être ſon patrimoine (a). La maiſon pater‑ nelle fut ſa premiere École ; la ſcience, les leçons & l'exemple, environnerent, pour ainſi dire, ſon berceau.

Dès que l'âge eut fortifié ſon tempérament & ſa raiſon, on le vit fréquenter, avec une infatigable aſſiduité, ces pieux aſyles que la Religion & l'humanité ont fondées, & qu'el‑ les entretiennent encore aujourd'hui en faveur de l'indigence infirme ; il y fit dans ſon art des progrès ſi frappans, que le Chef de la Chi‑ rurgie (b), & à qui le Public doit les premiers établiſſemens, relatifs aux progrès de cet art, rechercha l'alliance de Sauveur‑François

latin en françois, par un Traducteur moderne, *Tome II. p. 214.* in-12. *Paris*, 1753.

(a) Ayant eu rang de Chirurgien employé à l'Hôtel, au mois d'Avril 1712.

(b) Georges Maréchal, Chevalier de l'Ordre du Roi, pre‑ mier Chirurgien du Roi.

A iv

[8]

Morand (*a*). Les places les plus importantes
devinrent bientôt la récompenfe flatteufe de
fon fçavoir qu'il accrut encore en les rem-
pliffant.

On le propofa d'abord au fervice de l'In-
firmerie de l'Hôtel Royal des Invalides,
comme furvivancier (*b*) & enfuite comme titu-
laire (*c*). Peu de temps après il fut mis à la

(*a*) Par fon mariage avec Demoifelle Marie-Clémence Guérin, fille du fameux Martin Guérin, Comte du Palais de La-
tran, premier Chirurgien du Roi Jacques, connu fous le
nom de Chevalier de Saint Georges, Chirurgien-Major des
Armées de Sa Majefté & du Régiment des Gardes Françoifes,
dont la mémoire fe foutient avec éclat dans deux fils, qui ont
embraffé le même état, mais fur-tout par la réputation que s'eft
faite Martin Guérin fon fils aîné, illuftré au milieu des armées
& dans la Capitale, décoré comme Georges Maréchal fon allié,
& comme Sauveur-François Morand fon beau-frere, de Lettres
de nobleffe & du Cordon de l'Ordre de S. Michel. Ne diroit-on
pas que Georges Maréchal, en uniffant ainfi les deux familles,
prévoyoit une fingularité également honorable pour l'une &
pour l'autre, que toutes les palmes du mérite, leur étoient
réfervées ?

(*b*) En Mai 1722.

(*c*) En Novembre 1726.

tête de l'Hôpital Royal des Religieux de la Charité (*a*). Divers postes relatifs à la Chirurgie militaire lui furent confiés succeſſivement (*b*); il fit éclater la ſupériorité de ſes talens dans tous ces emplois ſi propres à perfectionner en lui la théorie par la pratique & la pratique par la théorie.

L'étude & l'expérience en firent un grand Chirurgien, la Nature & la Société un homme aimable. Introduit dans le plus grand monde, preſqu'au ſortir de ſes études (*c*); il en prit aiſément le ton, la politeſſe & les graces. Une figure noble & prévenante, de la décence & de la dignité dans le maintien,

---

(*a*) Le 20 Février 1730.

(*b*) Chirurgien-Major du Camp de Brouage en 1716, du Régiment des Gardes Françoiſes en 1739, Inſpecteur des Hôpitaux militaires en 1741, chargé en 1740 de la Viſite des Déſerteurs & autres Militaires détenus dans les priſons de Paris, en 1757, Commiſſion de l'Intendance pour ſoigner les Miliciens.

(*c*) Faites au Collége Mazarin, Maître ès Arts dans l'Univerſité de Paris, le 14 Août 1716.

un organe flatteur, de l'aménité dans le ca-
ractère, de la faillie & de la gaieté dans l'ef-
prit, de la retenue & de la difcrétion dans
fes difcours ; toutes ces qualités, dont l'affem-
blage eft fi rare, l'éleverent en quelque forte
au-deffus de fon état ; ceux qui, dans leurs
maux, réclamoient les fecours de fon habileté, recherchoient en fanté les agrémens de
fa fociété ; il avoit été leur guériffeur, il deve-
noit leur ami.

Notre Collégue, MESSIEURS, avoit le
don de converfer avec intérêt ; un de fes talens étoit celui d'ajouter au prix des chofes,
par la maniere de les rendre : il faifoit, s'il
eft permis de s'exprimer ainfi, la conquête
de l'oreille & de l'imagination des malades
qui l'appelloient, & foit qu'il parlât en public, foit qu'il ne fît que caufer en particu-
lier, il étoit également goûté, également ap-
plaudi.

Perfonne, MESSIEURS, n'avoit plus à
cœur que lui l'honneur de la Chirurgie Fran-

çoife ; il auroit défiré qu'il lui eût été permis
d'imiter, à fon égard, la bienfaifance écla-
tante dont il avoit fous les yeux des exem-
ples récens ; mais s'il n'a pu fignaler par fa
générofité le zèle qui l'animoit pour la Compagnie des Chirurgiens (*a*) ; il a répandu fur
elle fa propre gloire ; il l'a fervi par les bril-
lantes opérations de fa main (*b*), par des recherches curieufes & utiles (*c*), par les différens Mémoires qu'il a laiffés fur différentes
parties de fon art (*d*), par les leçons qu'il **a**
données publiquement pendant vingt-deux
ans (*e*), par les nombreux effaims d'habiles
Éleves de tout pays qu'il a fait dans fa mai-

(*a*) Dans laquelle il avoit été reçu le 27 Octobre 1724.

(*b*) Opération faite à feu M. le Comte Saint-Séverin.

(*c*) Sur la taille par l'appareil latéral, pour laquelle il fit un
voyage à Londres en 1729 ; fur le reméde de Mademoifelle Ste-
phens.

(*d*) Voyez les Mémoires de l'Académie Royale des Sciences
& ceux de l'Académie de Chirurgie.

(*e*) Démonftrateur des Opérations de Chirurgie en 1725 ;
des Principes de cet Art en 1738.

ſon & dans les Hôpitaux (*a*). Second reſtau-
rateur de la Chirurgie en France, il l'a ſur-
tout honorée par une infinité de connoiſſan-
ces en différens genres qu'il s'étoit acqui-
ſes (*b*), par le commerce d'eſprit & d'amitié
qu'il entretenoit avec les Sçavans de l'Europe (*c*), par l'accueil empreſſé qu'il a tou-

---

(*a*) Les bornes de cet Ecrit ne permettent pas de nommer
ici tous les Sujets, au nombre de plus de ſoixante-dix, qui,
depuis 1726 juſqu'en 1746, ſont venus des Pays Etrangers ſe
mettre en penſion chez lui pour ſe former dans la Chirurgie;
il ſuffira, en déſignant ſimplement leur Patrie, de dire que
pluſieurs étoient de Piedmont, de Savoie, de Malthe, d'Eſpa-
gne, de Portugal, d'Allemagne, de Ruſſie; beaucoup d'An-
gleterre, d'Ecoſſe, d'Italie; que quelques-uns de ces Eleves,
ſoit internes, ſoit externes, étoient ou ſont devenus Médecins
ou Chirurgiens de Têtes couronnées; que cette affluence, en
un mot, s'eſt trouvée quelquefois telle, que la maiſon du Maître ne pouvant point recevoir tous ces Diſciples Etrangers,
une partie étoit obligée de loger dans un appartement du voi-
ſinage.

(*b*) Reçu Médecin à Pont-à-Mouſſon, le 15 Octobre 1746,
en allant faire une tournée dans les Hôpitaux militaires des Trois
Eyêchés.

(*c*) Les Hanſloane, Morgagni, Cheſelden, Sharp, Monro,

jours reçu de ce qu'il y a de plus grand à la Cour & à la Ville, par la confiance de plufieurs Souverains de l'Europe (*a*), par les marques de confidération qu'il a reçues de quelques-uns (*b*), par les diftinctions glorieu-

---

Bianchi, Palfin, (Molinelli & Gaubius fes Eleves,) Heifter, Michelotti & Vanfwieten.

(*a*) Dont plufieurs ont voulu avoir de fa main leur premier Chirurgien.

(*b*) Préfens faits en 1744 par l'Impératrice, Mere de la Reine de Hongrie, en 1764 par l'Impératrice de Ruffie, en 1767 par S. A. R. Monfeigneur le Prince Charles de Lorraine, Gouverneur des Pays-Bas. A côté de cet augufte nom, les Annales des Pays-Bas ont placé avec reconnoiffance celui de l'homme habile qui leur a rendu ce Prince chéri. Un mal de jambe menaçoit de le leur enlever. Le Ciel & la France partagent les allarmes des Peuples attachés aux Chefs qui les gouvernent. Morand demandé par Charles à Louis, arrive à Bruxelles ; le progrès du mal s'arrête ; la confternation acheve bientôt de fe diffiper ; Charles eft hors de danger ; il vit, il fe montre par-tout. Les tranfports, les cris d'allégreffe, deviennent le fignal & de la félicité publique & du triomphe de Morand ; fa préfence n'eft plus néceffaire ; mais fes avis, fes lumieres ne ceffent pas d'être de conféquence, le rétabliffement entier & parfait de Charles en dépend ; ce devoit être l'affaire du temps, & non le fruit d'une

ſes qui lui ont été décernées (*a*), par l'eſtime & les bontés de ſon Roi (*b*); en un mot, je puis le dire, ſans qu'on m'accuſe de flatterie ou d'amour-propre, une très grande partie de l'illuſtration de l'Académie Royale de Chirurgie de Paris (*c*), doit être regardée comme le fruit de la conſidération particuliere

---

précipitation téméraire ; Morand, ſage & prudent, autant qu'éclairé, voit qu'il ne faut procéder que par dégrés & à pas lents à une guériſon complette. Il trace à ſes Eleves qu'il retrouve autour du Prince (les ſieurs Crampagnac, le Grand,) le plan qu'ils devoient ſuivre, il le dirige de loin. A l'exemple de ce fameux Général des Romains, qui par ſa ſageſſe à ne point ſe preſſer d'agir, fut reconnu dans ſon temps l'auteur du ſalut de la République, Morand temporiſe ; ſa marche eſt couronnée par l'inſtant qui vient mettre le dernier ſceau à ſon ouvrage & à ſa gloire. La guériſon ſe décide ; Morand ſauve à la fois Charles & les Peuples dont il eſt le Gouverneur.

(*a*) Cenſeur Royal en 1730, Directeur de l'Académie Royale des Sciences en 1746, 1759 & 1766.

(*b*) Ennobli en 1751, fait Chevalier de l'Ordre du Roi en 1752.

(*c*) Secrétaire de cette Compagnie en 1731, Directeur en 1739, Secrétaire pour la ſeconde fois en 1752 juſqu'en 1757, & Directeur en 1758, Secrétaire de l'Ordre de S. Michel en 1768.

[15]

dont il jouiſſoit dans ſa patrie & hors de ſes limites.

Cet homme, ſi juſtement célèbre, n’eſt plus, MESSIEURS, que le triſte objet de mon affliction (*a*); en vain depuis le mois de Janvier dernier, j’étois entierement préparé à cette privation, que j’annonçois tous les jours à mes amis (*b*); elle a produit ſur moi l’effet d’un malheur imprévu. Mon imagination frappée offre ſans ceſſe à mes yeux cet Homme illuſtre ſous les mêmes traits d’amabilité, qui lui concilioient généralement les eſprits : l’illuſion, à laquelle mes ſens ſe livrent, eſt telle que je doute encore quelquefois ſi nous le poſſédons, ou ſi nous l’avons perdu. Semblable à une ombre qui s’évanouit, cette vaine image s’éloigne, m’échappe, & me laiſſe dans l’horreur de la ſolitude.

(*a*) Mort le 21 Juillet 1773.

(*b*) M. MORAND n’a été retenu au lit que cinq jours; avant ce temps il ne ceſſoit de vaquer à ſes affaires publiques & particulieres, & ne paroiſſoit à perſonne ſi près de ſon dernier terme.

Ma perte eſt la vôtre, MESSIEURS, vous partagez mes regrets ; c'eſt la ſeule douceur que je puiſſe goûter dans la triſte circonſtance qui m'engage à vous adreſſer cette Lettre ; la plume me tombe de la main....... à peine ai-je la force de la tenir, pour vous aſſurer, que le Fils a hérité de tous les ſentimens de reſpect, de zèle & de reconnoiſſance que le Pere avoit pour vous.

Paris ce premier Août 1773.